ÉPÎTRE BURLESQUE

A

M. FRANÇOIS.

ÉPÎTRE BURLESQUE

A

M. FRANÇOIS,

CORDONNIER,

AUTEUR DU SIÉGE DE PALMYRE,

TRAGÉDIE INÉDITE;

SUIVIE D'UNE PIÈCE ANACRÉONTIQUE.

Par l'Auteur des ÉPÎTRES A MON NEZ , etc., etc.

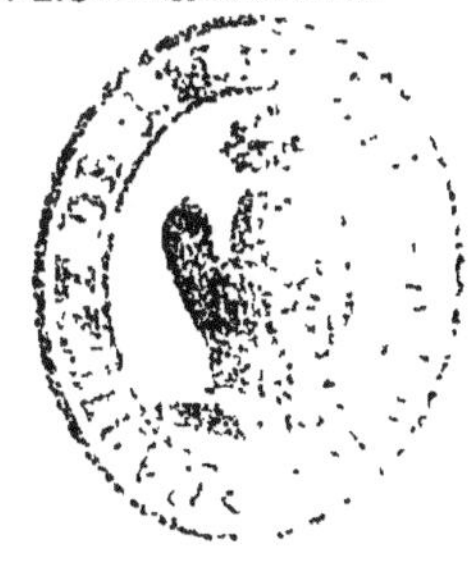

Grâce à M. François, les neuf Sœurs, Apollon,
Et tous les habitans du superbe Hélicon,
Homère, Anacréon, Virgile, Ovide, Horace,
Seront à l'avenir bien chaussés au Parnasse.

A PARIS,

Chez MARTINET, Libraire, rue du Coq Saint-Honoré.

1808.

Quoique cette pièce né soit qu'un badinage, cependant je crois qn'il est de la justice et de l'honnêteté de déclarer que je n'ai prétendu en aucune manière jeter du ridicule ou de la défaveur sur M. FRANÇOIS. J'ai admiré avec tout le monde les fragmens qui ont été communiqués de sa tragédie ; mais il est toujours permis de s'exercer sur un sujet plaisant, quand on ne s'écarte pas de la décence.

ÉPÎTRE BURLESQUE.

Nourrisson des neuf Sœurs, favori d'Apollon,
Qui marches bien chaussé dans le sacré vallon ;
Qui, sans craindre un faux pas, amant de Melpomène,
Le front calme et serein , sur la tragique scène,
Plein d'une noble ardeur , viens cueillir des lauriers ;
François,(1)l'espoir,l'honneur,l'appui des cordonniers;
Permets que ma voix faible et simple en son langage,
En ton génie inculte admire un fruit sauvage,
Et d'un talent hardi qui se cache à nos yeux,
Expose en te voyant l'effet prodigieux.
Telle une fleur des champs sans soins et sans culture,
Tient son plus bel éclat des mains de la nature,
Ou tel dans les forêts un arbre avec vigueur
De sa sève rempli s'élève avec hauteur;
Mais je crains que l'Envie, au teint pâle et livide,
Par le malin poison de sa bouche fétide,

Se déchaînant sur toi ne te fasse périr,

Comme une fleur qu'un jour a vu naître et mourir,

Elle a sur toi lancé quelques traits de sa rage : (2)

Sois calme, sois tranquille au milieu de l'orage,

Et de moi daigne suivre un utile conseil ;

Non que de t'égaler et marcher ton pareil

Je conçoive à jamais la ridicule audace ;

Je sais et me connaître et me mettre à ma place.

De tes nobles souliers, du Parnasse avorton,

Je suis indigne, hélas ! de nouer le cordon.

Heureux, si revêtu de ta large ceinture,

De ton beau tablier empruntant la parure,

Paré de ton bonnet ; heureux si par cet art

Je pouvais du talent arracher quelque part !

Mais peut-être du paon dépouillant la richesse,

J'éprouverais du geai la fâcheuse détresse.

Ne crains rien des efforts de tes vains ennemis,

Qui de t'intimider s'efforçant par leurs cris,

De l'Hypocrène en vain voudraient boire à la source,

Et t'y voyant marcher, t'arrêtent dans ta course.

Les malheureux ! plongés dans des marais fangeux,

Voudraient dans le bourbier t'entraîner avec eux ;

Mais ne va pas quitter, dans ta nouvelle audace,

Tes formes, ton tranchet, pour monter au Parnasse.

Songe qu'Adam, (3) malgré ses rustiques sabots,

L'a su franchir armé de planches et rabots,

Et qu'André, (4) travesti sans craindre une bourasque,

Avec son équipage a grimpé comme un Basque.

De tes vains ennemis méprisant les clameurs,

Accrois donc ton courage et redouble d'ardeurs;

Rassemble près de toi les instrumens utiles,

Pour te rendre du mont les chemins plus faciles.

Pour gravir l'Hélicon et braver leur courroux,

Arme-toi, s'il le faut, de pointes et de clous;

Fais servir ton tranchet pour un si noble usage.

Et parvenu bientôt au terme du voyage,

Tu verras le sommet de ce superbe mont;

Tu pourras contempler la honte sur le front,

Au loin tes ennemis répandus dans la plaine,

Dans des bourbiers fangeux se traînant avec peine.

Des Muses cependant pour briguer les faveurs,

Ton état t'offre alors de nouvelles douceurs.

L'on dit que d'Apollon la lyre enchanteresse,

Faisant naître en leurs sens une agréable ivresse,

On les voit quelquefois danser à l'unisson. (5)

Mais un pied féminin, sans soulier ni chausson,

Contre un caillou pointu se trouvant sans défense,

D'un coup peu mesuré doit redouter l'offense.

Quel sera ton bonheur ! tu pourras à genoux,

Sans craindre aucun amant, aucun mari jaloux,

De leurs pieds délicats gaîment prenant mesure,

Aux neuf Sœurs à la fois fournir une chaussure,

Voilà de tes destins le brillant avenir !

Voilà le sort heureux qui doit t'enorgueillir.

Si toujours plein de zèle, *et sans perdre courage,*

Vingt fois sur le métier tu remets ton ouvrage;

Si de tes ennemis dédaignant la fureur,

On te voit du génie écouter la chaleur;

Joins la plume au marteau : cordonnier et poëte,

Nous te verrons agir du bras et de la tête;

Le matin, du tranchet travailler avec art;

Le soir, de Melpomène agiter le poignard;

Par les mains de TALMA nous le rendre terrible,

Par LAFFOND nous l'offrir brillant, mais moins horrible.

Ainsi, comme Apollon, faisant divers métiers,

Tu seras le matin l'honneur des cordonniers,

Et le soir au théâtre orné de ta personne,

Ton beau front sera ceint d'une double couronne.

En vain Colmant, (6) jaloux d'en partager l'honneur,

Voudrait de ta première arracher quelque fleur.

Malgré sa botte altière et ses deux Renommées,

Changer, troubler en rien tes hautes destinées,

Te ravir un fleuron, n'est pas en son pouvoir;

Il en doit pour jamais abandonner l'espoir.

L'on dit que maître Adam, dans son humeur aimable,

Quand on lui commandait une chanson de table,

(Et la tête et le bras tous deux à l'unisson)

Faisait en même temps la table et la chanson.

Ainsi l'on te verra le cœur plein de hardiesse,

Si l'on te commandait souliers pour une pièce,

Mettant soudain chaussure et pièce sur métiers,

Composer à la fois la pièce et les souliers;

Et grâce à l'heureux don que te fit la nature,

Livrer en peu de temps la pièce et la chaussure.

Mais j'apprends que bientôt se croyant ton égal,

Arrive de Toulouse un orgueilleux rival; (7)

Il quitte la Garonne exprès pour te combattre:

Avec toi corps à corps l'insensé veut se battre.

Sa taille, son pays, un orgueil du terroir,

Ont pu d'être vainqueur lui donner quelque espoir.

A ce mot de rival, à ce nom de Garonne,

Déjà ton cœur frémit, déjà ton sang bouillonne.

Qu'il paraisse, dis-tu, croyant m'épouvanter,

Ce superbe géant qui vient pour m'insulter !

De son pays gascon croit-il ravir ma gloire !

Il lui faudra long temps disputer la victoire.

Si ce hardi champion vient à franc étrier,

Il s'en retournera sur son maigre coursier;

Mais, je devine, en route il tombera malade,

Car toujours le gascon fait quelque gasconnade.

NOTES.

(1) Il se nomme M FRANÇOIS; il demeure rue des Fossés-Montmartre, à l'enseigne du *Soulier-d'Or*, et est âgé d'environ quarante ans.

Il est auteur d'une tragédie intitulée le *Siége de Palmyre*, qui a été lue par M. Talma en présence de deux princesses qui ont honoré M. François de leur protection et de leur bienveillance.

Voyez pour plus de détail les journaux du mois d'avril.

(2) Voici ce qu'on lit dans les journaux de cette époque :
Le bruit que fait dans le monde le poëte cordonnier paraît avoir réveillé d'autres compagnons d'Apollon. Un de nos confrères nous annonce déjà une comédie en cinq actes d'un jardinier du faubourg Saint-Antoine. J'atteste, pour ma part, que j'ai eu entre les mains le *Poëme d'un Garçon Tailleur*. On parle, de plus, d'un drame en un acte, composé par un ramoneur; on le dit un peu noir, mais on assure qu'il ne manque pas de chaleur.

Si ces anecdotes étaient véritables, l'Auteur compterait un rival dans chaque état et métier; mais heureusement ce ne sont que de mauvaises plaisanteries indignes de M. François.

(3) Adam, menuisier de Nevers, si connu par ses poésies, dites ses *Chevilles*.

(4) André, perruquier, auteur d'une tragédie burlesque, connue sous le titre de *Tragedie de maître André, perruquier*.

L'on prétend que l'auteur ayant envoyé sa pièce à Voltaire, ce dernier lui répondit sur une page entière où étaient écrits ces seuls mots : *Faites des perruques, faites des perruques, faites des perruques*. Ce trait paraît peu conforme à l'honnêteté qui caractérisait ce grand homme quand on flattait son amour-propre, et ne peut d'ailleurs s'appliquer en aucune manière à M. François, qui depuis son départ pour le Parnasse n'a cessé de faire des souliers sur la route.

(5) Quelque grand poëte m'objectera peut-être que les Muses ne dansent point et ne marchent point sans chaussure. N'ayant point eu, comme lui, le bonheur de les voir, je ne lui contesterai point la chose; je ne veux point attaquer leur réputation, ni effleurer leur chasteté; mais j'observerai cependant, quant au premier grief, qu'une d'entre elles a, dit-on, un goût très-prononcé pour la danse, et que, s'il est vrai que la joie est communicative, comme la douleur, elle peut quelquefois mettre les autres en train.

Quant au second grief, si elles ne marchent point sans chaussure, du moins l'on conviendra qu'elles doivent avoir besoin d'être renouvelées. Ainsi, malgré l'observation de notre dédaigneux poëte, M. François ne doit pas perdre l'espoir de les chausser un jour.

(6) M. Colmant, bottier, est l'inventeur des bottes sans couture, et a pour enseigne deux Renommées.

(7) Voici ce qu'on lit encore dans les journaux :
Un poëte de la Garonne se trouve en concurrence avec M. François. Il a traité le même sujet pour la scène. Voici comment s'exprime à ce sujet le journal de Toulouse :
« Le *Siége de Palmyre*, qu'ont annoncé les journaux de
» Paris, offre à nos yeux une particularité remarquable.
» Nous connaissons depuis deux mois une tragédie sur le
» même sujet; elle a pour titre : *Zénobie, reine de Pal-*
» *myre* ; elle est aussi en cinq actes et en vers. Zénobie et
» l'empereur Aurélien y jouent également les principaux
» rôles; l'action paraît être la même que celle du *Siége de*
» *Palmyre*. L'auteur allait partir pour présenter sa pièce
» au Théâtre-Français, lorsque les journaux lui ont annoncé
» qu'il avait un rival. Cette circonstance, bien loin de
» contrarier ses résolutions, ajoute un intérêt de plus à
» l'objet de son voyage, et il sera bientôt à Paris. »

L'AMOUR ÉGARE LA RAISON.

PIÈCE ANACRÉONTIQUE.

L'AMITIÉ conduisant l'Amour,
Croyait un jour de le réduire ;
Espérant bien jouer d'un tour,
L'Amour s'était laissé conduire.
Ils avaient fait quelque chemin;
Lorsque dans un étroit passage
L'Amitié confiante abandonne la main
De son compagnon de voyage.
Discours alors sont superflus.
Bientôt tournant la tête, elle ne le vit plus;
L'oiseau, méconnaissant la main qui le caresse,
Dès qu'il voit jour à s'en aller,
Sans demander congé de sa belle maîtresse,
Ne tarde pas à s'envoler.
C'est ainsi que l'Amour s'échappe avec adresse.

En formant le malin projet
D'abandonner sa conductrice,
Le fripon trouva le secret
D'employer nouvel artifice.
Il va trouver dame Raison :
Près de vous l'Amitié m'adresse,
Et je viens, lui dit-il, vous prier en son nom
De partager notre allégresse ;
Vivons tous trois à l'unisson.
Ah ! daignez m'en croire et me suivre.
Pour nous quelle douce union !
Sans vous l'Amitié ne peut vivre.

Séduite à ce pressant discours,
Par son guide elle est entraînée.
Dans un bois propice aux Amours,
Bois ombragé toute l'année,
Bois que l'on recherche toujours,
De mille oiseaux charmans, par leur rare plumage
Ou y voit en tout temps l'étonnant assemblage.
    A la faveur de l'entretien,
L'Amour se glissa dans la route :
Ce qu'il y fit, je n'en sais rien,
Mais la Raison n'y voyait goute.

Hélas ! tu fuis, dieu des Amours !
Bientôt elle se vit trahie,
Reconnaissant la perfidie.
Venez, dit-elle, à mon secours,
Mes chers amis, je vous supplie ;
Délivrez-moi de ma prison ;
Dans ce bois sombre et solitaire
L'Amour a perdu la Raison.
Prenez pitié de ma misère.

L'Amitié soupçonnant l'Amour,
S'était déjà mise en campagne.
Aux cris qu'elle entend tour à tour,
Elle reconnaît sa compagne.
Que vous est-il donc survenu ?
Et quelle disgrace subite....
Ma chère, hélas ! qu'est devenu
L'Amour ? Je suis à sa poursuite ;
Il a disparu comme un trait.
— Si vous saviez ce qu'il m'a fait !

J'en suis encor tout interdite.
En se servant de votre nom,
Le traître en ce bois m'a conduite.
Hélas ! il avait l'air si bon !
— Ah ! bannissons tout le mystère ;
Parlons entre nous sans façon :
L'on sait que bien souvent, ma chère,
L'Amour égare la Raison.

De l'Imprimerie d'A. EGRON, rue des Noyers.